童の唄
風となる

ポエム・フォトグラフィー

平山弥生

オクターブ

父・母に心からの感謝の意をこめて
この一書を捧げます。

*目次

目次

〈凡例〉

視覚的効果を考え、一つの試みとして新旧の仮名遣いを一冊の中に混用した。

童の唄　風となる

ポエム・フォトグラフィー

其《そ》の創《はじめ》

天地《あめつち》　別れし時ゆ
現《うつ》し身《み》の人にある吾《あれ》
其の創　知らに

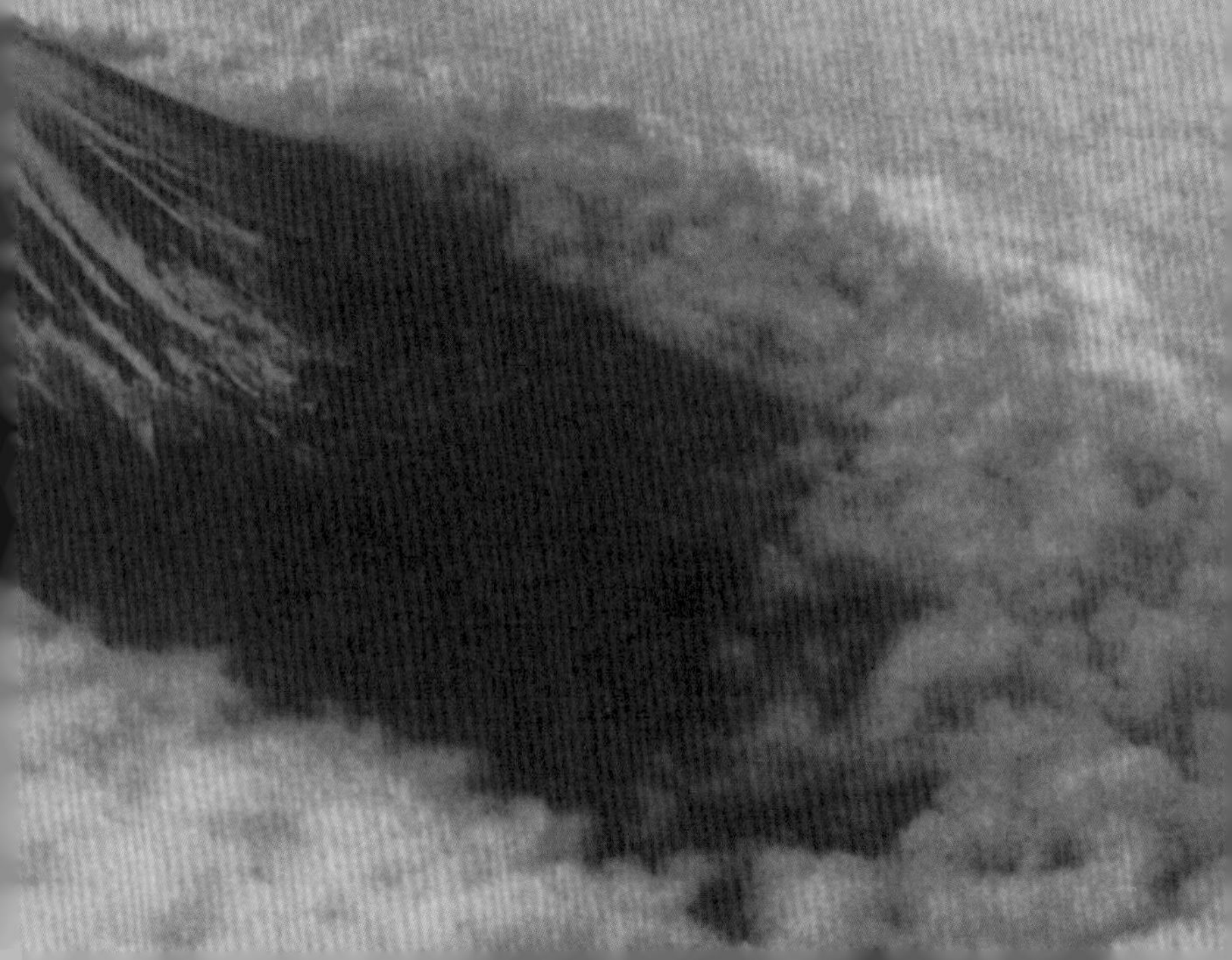

然《しか》れど
生きとし生けるもの生まれし
わたつみは
時じくの
浪《なみ》こそ来寄《きよ》せ

み空　たち昇りし月は
満ちては　欠けゆく哉《かな》

なまよみの夜　明けくれば
上枝《ほつえ》に鳥　啄《つい》ばみし実《み》
日日並《かがな》べて　茜さす朝陽《ちょうよう》に
生《お》い立《た》ちし　其の花は　照《て》り坐《いま》す

吾子《あご》よ　吾子

天地　別れし時ゆ
現し身の人にある吾
其の終わり
知《し》らに

代代《よよ》に　代代に

ささ　出《い》でませ　出《い》でませ
群衆《ぐんじゅ》　集《つど》ひ賀《ことほ》き
鐘が鳴る鳴る　弥栄《いやさか》え

代代に
新珠《あらたま》の年が来経《きふ》れば
代代に
新珠の年は来経《へ》ゆく

ささ　出でませ　出でませ
群衆　集ひ賀き
豊《とよ》寿《ほ》き　寿《ほ》き廻《もとほ》し

ささ　残《あ》さず　飲《を》せよ飲《を》せ
事無酒《ことなぐし》
笑酒《ゑぐし》に　酔《よ》ひにけり

君《きみ》よ……雪《せつ》・月光《げつ》・華《か》

花弁《はな》さそふ　風の舞ひ
立ちて思ひ　居てもぞ思ふ

汝《な》に逢はで　雪・月光・華

賑はひの　夜の街
摩天楼に　寄り添ふは
片寄る
嗚呼《ああ》……蒼《あを》き月明かり

啼きそ超ゆる　呼子鳥《よぶこどり》

秋風に　小夜《さよ》更けゆき
夜もすがら
汝が微笑《ゑまひ》

こころ募《つの》りて　朝ぼらけ

募る思ひは　天《あま》の時雨《しぐれ》

風音《かざおと》　嗚呼　……遠く……近く……

しるしなき恋をもするか
経《へ》ぬる季節《とき》の彷徨《さまよ》ひ人

汝《な》に逢《あ》はで　雪・月光・華

夕《ゆふ》星《づつ》

春の夜は短夜《みぢかよ》　雨な降りそね
夕星のか行《ゆ》きかく行《ゆ》く今宵

逢ふ夜《よ》　逢はぬ夜
二つ走《ゆ》くらむ
君待つと　恋《こ》ひをれば
思ひ益《まさ》り

吾君《あぎみ》よ　あり待て

立ちわかれ行かむ
たづき知らずも
吾君よ　あらなくに

嗚呼　君そ　昨日《きそ》の夜《よ》　夢《いめ》に見えつる
されど夢《いめ》の逢《あ》ひは苦しかりけり

向かひゐて見れども　飽かぬわが君

和《な》ぎむかと思へど
いよよ恋ひ益さり

吾君よあり待て
立ちかわかれ行かむ
副《たぐ》ひてもがも　吾君よ

刹《せつ》那《な》

夏山の
河音《かわと》清《さや》けし

天《あま》の原《はら》
真澄鏡《まそかがみ》
清き月夜《つくよ》に
刹那の灯火《とうか》

いざ一目　御覧なさい
吾妹子《わぎもこ》
蛍火《ほたるひ》　追えど追えど
夢《いめ》の如《ごと》し

笹葉《ささは》さやさや
暁《あかとき》の
朝露《あさつゆ》の雫《しずく》に　散るべくなりぬ

待《ま》ち出《い》でんかな
月読《つくよみ》

秋の望月《もちづき》

秋の夕闇《ゆふやみ》
さし曇《ぐも》り
雨は降《ふ》らぬか

望《もち》の夜《よ》の
いでにし月は
もとなゆゑ
手桶《ておけ》に入れたし

童男《をぐな》
童女《うなひ》
高高《たかだか》に

童《わらべ》の唄《うた》　風となる

薄原《すすきはら》
浪《なみ》の穂《ほ》さわさわ

白《しろ》き御衣《みけし》

間なくぞ降る　初雪の
白き御衣　装《よそほ》ひて
静寂《しじま》なる　相模の國

山寺に……

山の際《ま》　い隠るまでに……

道の隈《くま》い隠るまでに……

風の間際《まぎは》　鳶《とび》　うち舞へば

雪嵩《ゆきかさ》に　堪えて　木垂《こだ》る樹《き》

柔《やは》らかに　下折《しもを》れて

しづるなり……

しづるなり……

しづるなり……

暁《あかとき》の大河《たいが》

百に満たぬ己《おの》が命《よ》
何を以《も》ちて　命《いのち》の重《おも》みと謂《い》う

ガンジスの　流れ　滔滔《とうとう》
漂《ただよ》う玉《たま》の緒《お》よ
明けの明星
暁《あかとき》　染《そ》まりし　河の瀬を　渡る漕船《ふね》

絶えなば絶えね　仮初《かりそめ》の命《よ》

言霊《ことだま》　唱《うた》いし朝空に響《とよ》む
乙女らの笑《え》み
花と舞う

澄空《そら》翔《ゆ》く鳥　啼く声の
至らむ極《きわ》み　風となり
現《うつ》し身《み》こそ　聞こえずあらめ

然《しか》れども
神の御懐《みむね》に　聞こえてな

天駆《あまか》ける　鳥の声
啼き響むなり

苑《その》鳥《とり》

苑鳥　誰《た》がため
あらめあらめと
詩《うた》を　謡《うた》ふ

天《あま》の原《はら》　振り放けみれば
遠天《をんてん》　流《なが》らふ白雲《しらくも》
実《げ》に　悠悠と

何処《いづく》　行くらむ

風に
いたづらに　たなびくものを

居《ゐ》る雲の　薄れゆけば
下照《しもで》る　道の空路《そらぢ》の
真澄《ますみ》の空　色映えて

庭《にわ》つ鳥《とり》　鶏《かけ》は啼《な》くなり
春日《はるひ》の甲斐《かひ》の國《くに》
いまだ雪　残しつつ

黎《れい》明《めい》

現《うつ》し身《み》の人言《ひとごと》
若《も》しくは真実《まこと》　若しくは妄想《いつわり》
知らぬ故
嘆《なげ》きいまだ鎮魂《しづま》りまさぬ

夢《ゆめ》現《うつつ》 永《なが》きこの世
遙か東方《とうほう》山《やま》の際《きわ》
朝陽《ちょうよう》昇れかし

うち陽射《ひさ》す道標《しるべ》なき人生《みち》
たまゆらの己《おの》が世
偲《おも》えば哀《かな》し

蜃気楼《しんきろう》　向《む》かい歩《あゆ》まんとすれば
身内《うち》まで聞こゆ　玄奘《げんじょう》の声

現去《いまさ》りゆく魂
復《また》　生まれくる魂
悠久の流れ　絶《た》ゆることなし

願わずあれ　偲い
大河の流れ
淀むことなく
尽き果てずあれ

福慈《ふじ》の岳《やま》

朝されば
朝陽《あさひ》に　照《て》り座《いま》し
夕されば
夕陽《ゆうひ》に　紅《くれない》に座《いま》す

白妙《しろたえ》の　福慈の岳
窮《きわま》らじ
窮らじ

天空《そら》の雲間《くもま》ゆ　はろばろに
あやに　うら妙《ぐわ》し
あやに　うら妙し

家庭《やにわ》も見ゆ
あしひきの　山田の畦道《あぜみち》
天飛《あまだ》む　野焼の白煙《しらけむり》

渡津海《わだつみ》の声

たをやかに　たをやかに
時よ　いざ　過ぎませ
時よ　いざ　過ぎませ

昔時《いにしへ》の潮騒《しほさゐ》　けふも聞きつつ
歩く浜辺に　けふも陽が昇る

たゆたふと　光る海
千鳥は身を任《まか》せ
たゆたふと　沖の白波

畳《たた》なづく　青垣《あをがき》よ
真澄《ますみ》の美空《みそら》　富士は照り映え

吾子《あご》よ吾子　日にけに
渡津海の波路　遥けき声よ

たゆたふと　光る海
小舟は何処に
たゆたふと　沖の白波

空く哉なり

國遠《くにとお》き　常闇《とこやみ》　胸あずけし
ひさかたの絲綢之路《しちゅうのみち》
悠々たる蒼天《そうてん》　見さけむ

何人《なんびと》　此処に眠りしか
静寂な　故《ふる》き都
はかなくも　時　刻み
過ぎし空間

その永劫《ながき》も
刹那《みじかき》も
所詮は　うたかたの∞《むげん》

雲　なびき
風　清《さや》かに吹きゆき

星離《さか》り　月離《はな》れ
今宵　吾が身照らす
久遠《くおん》の星灯《ほしあか》り

耳澄《みみす》ませば
日日並《かがな》べて　土に還《かへ》りし
名なき僧侶《そうりょ》の　魂の
其の　声亡《こえな》き声《こえ》は

空哉　空哉
空哉
と

言《こと》の葉《は》　沈黙に伏し
祈祷《いのり》　情《なさ》けあらなむ

解説

辻井 喬

平山弥生の詩、写真集を読む直前、僕は『大和し美《うるは》し』という本を見ていた。この本は川端康成記念会理事長の川端香男里、安田健一が監修し、川端康成記念会東京事務所代表の水原園博、MIHO MUSEUMの金子直樹、桑原康郎、千葉市美術館の松尾知子が編んだ同名の展覧会「大和し美し 川端康成と安田靫彦」展に関連して編まれた優雅な本である。

このなかには、川端康成が〃身辺で愛した美〃として数々の道具小物、筆皿、文具箱、織部鷺文陶硯、梅枝文硯箱、富本憲吉の色絵灰皿、黒田辰秋の拭漆栗楕円盆等々が、「身辺で愛した美」という項目に、

「よそで拝見するのと自分が所蔵するのとでは、たいへんなちがいである。(中略)私の古美術は骨董などといふものではなく、北大路魯山人氏の言葉通りに『座辺師友』である」

という言葉と共に紹介されている。また、

「光悦垣の真前の牀机に、私は長いこと腰かけて、焚火にあたたまりながら、友だちや茶人や茶道具屋たちと閑談して、昼の弁当もしたためた。光悦垣は前に萩、うしろにもみぢで、東山（魁夷―括弧内辻井挿入）さんの絵そのままであった。（中略）その垣の向うの奥に行くと竹があって、東山さんの絵の竹の色と、私は妻にささやいた」

というような川端康成の言葉も紹介されていて、この本は続いて「川端康成旧蔵品」のコーナーに入るのである。

集中、第一章は川端康成と安田靫彦等との交流、第二章は安田靫彦の世界、となっていて、なかには良寛の書や詩歌や、俵屋宗達の絵画なども収められている。

つまり、この本全体がかつて文人や画人、茶人が優雅に交遊していた時代の雰囲気をあますところなく伝えると言ってよく、かつて横光利一などと共に新感覚派のリーダーであった川端康成の面影は、という点は、わずかに古賀春江、草間彌生などの作品にその痕跡をとどめている。

平山弥生の詩集『童の唄　風となる』について書こうとして『大和し美し』のことに触れたのは、まず、つい先頃までわが国には文人墨客がくりひろげる優雅で静謐な世界があったということを伝えたかったからである。

しかし無謀としか言いようのない中国大陸への侵略戦争からはじまって、帝国主義的野心遂行のために「国家総動員計画」を作った軍閥、財閥の勢力は、このような優雅な世界の存在を認めなかった。谷崎潤一郎の『細雪』も、川端康成の『雪国』も、「戦意昂揚に役立たない」という理由で発表を禁じられた。

よく敗戦後の民主主義が日本的美意識を消滅させたとの主張がなされるが、それは正しくない。軍閥、財閥が天皇の名の下に強行した国家総動員政策が共同体を破壊し、日本的な美意識を否定し狂信的な国粋思想で人々の心を塗りつぶしたのである。従って日本が無条件降服をした時、残されたのは精神の荒野であった。よくアメリカ的で卑近な実利主義、ハリウッド、ディズニーランド的娯楽文化がまたたく間に我が国を支配できたのはなぜかという疑問が出されるが、それはスターリン体制が人々の心を荒地の状態に追い込んでいたために、さしたる抵抗もなくソビエト体制の撤去が進められたのに似ているということができるだろう。

そこで、日本の美、文化の再構築はどのようにすれば可能だったのかが問われることになる。困難は、その間にわが国が有数の経済大国になっていたことで倍加されたように思える。この際、物質的な豊かさが美への欲求を減退させるという意見は原因と結果を取り違えていると指摘しておく必要がありそうである。美や精神的豊かさを願う心が狂信的国粋主義によって麻痺させられていたからこそ、物資的豊かさを目指す進軍ラッパは喨喨と荒野に鳴り響いたのである。

そうしてオイルショックが、第一次バブル崩壊が、更にアメリカの金融産業の崩壊を引き金にした深刻な世界恐慌を思わせる経済変動がやってきた。そんななかにあってようやく、わが国における美意識の再建が議論されるようになった。

ここまで、詩集『童の唄　風となる』の解説とは思えない時代背景を述べてきたのは、この詩集が生まれざるを得なかった環境を明らかにしておきたかったからに過ぎない。そうして、このことは詩人平山弥生にとって『大和し美し』と歌う訳にはいかなかったことをも明らかにしているように思われる。というのはすでに、「美しき大和」は存在しなかったからである。それは、もう過去の情景であった。大和に行く旅は旅行会社が組んだツアーの旅になってしまったし、美しき大和は観光地になってしまったのだから。僕は『大和し美し』について書こうとして、第二次大戦後のヨーロッパの哲学者が言った、

「アウシュヴィッツの後で詩を書くのは野蛮だ」

という言葉を想起せざるを得なかった。この言葉はナチズムを生んだヨーロッパの近代と対決することなしに、あるいはナチスが行った残虐なホロコーストの真実を見詰めることなしに、モダニズムに身を寄せて詩を書くぐらい破廉恥な行いはないという、良心的な思想家の悲痛な叫びなのである。同じように、高度成長と自然破壊、総てのものを市場に投げ込んだ市場経済原理主義のなかに生きて、尚「大和し美し」と言ってはならない、少なくとも詩人ならば、という思想の脈絡が成立するのではないか。

そこで詩人が、もし歌を可能にする時代に生きようとするなら、それは古代にまで行かなければならなかったのではないか。そこで、

天地《あめつち》　別れし時ゆ
現《うつ》し身《み》の人にある吾《あれ》
其の創　知らに

然《しか》れど

生きとし生けるもの生まれし
わたつみは
時じくの
浪《なみ》こそ来寄《きよ》せ

と歌いはじめなければならなかったのだ。巻末の『私の魂のなかの古事記』と題された、いわゆる「あとがき」に相当する文章で詩人は「――私のポッカリと大きく開いた心の穴を埋めてくれる、ある一冊の本と出逢うことができました。其れは、『天地初めて発けし時……』で始まる日本最古の書物である『古事記』でした」

と述べている。

それにしても『古事記』に出会った人が誰でも詩が書ける、ということではない。平山弥生はこの最古の書物に感動すると共に、そこから、言葉の思いきった省略法と、その省略が生む象徴的効果を自らのものとしたのである。これは『君よ…雪《せつ》・月《げつ》光・華《か》』でも、

花弁《はな》さそふ　風の舞ひ
立ちて思ひ　居てもぞ思ふ
汝《な》に逢はで　雪・月光・華

のような作品でも、風に揺れる花の姿は、あたかも風が舞っているように見え、恋心は具体的な相手の姿が見えないことで尚美しく昇華してゆくようであり、この想いは七

頁後の、

しるしなき恋をもするか
経《へ》ぬる季節《とき》の彷徨《さまよ》ひ人

汝《な》に逢《あ》はで　雪・月光・華

と響き合うことになる。そして、この詩の下にエプロンを掛けたいくつもの素朴な石の地蔵の写真が掲げられていることは、あたかもこの地蔵こそが、「しるしなき恋」をしているような錯覚を読む者見る者に与えて、そこに計り知れない遠い時空を映し出すのだ。

また、詩人はこうした詩篇を続けていくに際して、かつて日本語にあったリズムを復活させていることも指摘する必要があると思う。しかし、これは後世のいわゆる短歌的叙情のリズムとは別のものだ。それは作品『白《しろ》き御衣《みけし》』にあるように、

間なくぞ降る　初雪の
白き御衣　装《よそほ》ひて
静寂《しじま》なる　相模の國

山寺に……

とあるように、初雪を装うのは大文字で記された「神」なのだから。そのような「神」の存在に接していればこそ、詩人は、

絶えなば絶えね　仮初《かりそめ》の命《よ》
言霊《ことだま》　唱《うた》いし朝空に響《とよ》む
乙女らの笑《え》み

と歌うことが可能なのである。

その上、この詩集は、詩人が撮った映像と重ね合わされていることによって、『古事記』がその胎内に秘めていた現代性をもたらしていることを指摘しなければならないだろう。

これは他の国の文学の古典と現代作品の関係にも言えることなのかもしれないが、わが国の場合、『古事記』『万葉集』『源氏物語』などを読むと、これらの作品が驚くほど現代性を内包していることを知って驚くことがある。外国人でも、はじめて『源氏物語』を英語に訳して世界に紹介したアーサー・ウェイリーのような人もいたのだけれども、詩人平山弥生は写真と重ね合わせることで現代性を伝えることに成功している、と言えるのではないか。

最後に『渡津海《わだつみ》の声』という作品の感想を記すことで、この詩集を僕がどのように受け取ったかを報告しておきたい。この作品は、

たをやかに　たをやかに
時よ　いざ　過ぎませ
時よ　いざ　過ぎませ

昔時《いにしへ》の潮騒《しほさゐ》　けふも聞きつつ
歩く浜辺に　けふも陽が昇る

となっている。

僕は詩人平山弥生については何も知らないが、僕の年代ではこの「わだつみ」という言葉で、どうしても戦没学生の手記『きけ　わだつみのこえ』を想起せずにはいられないのである。まして手記編集の末端につらなり、その映画製作にもかかわった者として、僕の〝わだつみ〟は烈しい憤怒と深い歎きに満ちている。それでいて、この詩作品を読むと、「たをやかに（中略）時よ　いざ　過ぎませ」と歌うことこそ、戦没学生の霊を慰めることになるのかもしれないという気がしてくるのである。それはなぜだろう、という自らへの問いは、この詩集を読み進めるにつれて僕の内部に起こってきた疑問だった。それはおそらく、憤りを忘れよ、諦めの境地になれ、ということではないのだろう。むしろ逆に、昔時から、これだけは少しも変わらない潮騒の交響のなかに戦没学生の死を見詰め、国粋主義者や財閥の計算、あるいは無責任な官僚からは隔絶した場所に戦没学生の魂を安置することこそ、彼らへの唯一の慰めになるということではないかと思うようになったのであった。その時、彼らと今に生きる者とは、共に昔から少しも変わらない潮騒を聴いているのだから。

『童の唄 風となる』語注……櫟原 聰

「其の創」

●天地 別れし時ゆ 日本人は昔、天地が一つだったと考え、それが分離して世界ができ上がったと信じていた。「この分離の時から」という意味。『古事記』や『日本書紀』（神代上）に「天地初発時」とある。また、『万葉集』（巻三の三一七）にも山部赤人の「不尽山歌」に「天地の別れし時ゆ 神さびて高く貴き」とある。巻二の一六七、柿本人麻呂の「日並知皇子《ひなめしのみこ》殯宮《あらきのみや》歌」にも「天地の初の時」とある。

●現し身の人にある吾 「現し身」は「現実の体」の意味。『万葉集』（巻二の一六五）、大伯皇女《おおくのひめみこ》が弟大《おお》津皇子《つのみこ》に寄せる挽歌に「うつそみの人にある吾や明日よりは二上山をいろ背とわが見む」とある。

●知らに 「知らずに」の意味。『万葉集』（巻二の二二三）に「…われをかも知らにと妹が待ちつつあるらむ」とある。

●生きとし生けるもの 「生きるものすべて」の意味。「し」は意味を強める助詞。

●わたつみ 「海の神」をいったものから、「海」のことをいうようになった。『万葉集』（巻一の一五）

に「わたつみの豊旗雲に」とある。

●**時じくの** 『古事記』に見える「時じくのかぐの木の実」のように、時節に関係ない、いつもの、という意味。

●**浪こそ来寄せ** 「波が寄せる」という意味。『万葉集』（巻二の一三一）の柿本人麻呂の長歌、石見でよんだ妻と別れる時の歌の中の歌句。

●**なまよみの** 「甲斐」の枕詞。この場合、「夜」にかかる。

●**上枝** 「ほつえ」というよみ方は、「秀つ枝」の意味で、『古事記』（歌謡四三）に「上枝は　鳥居《とりゐ》枯らし」とある。

●**日日並べて** 「日を重ねて」という意味。「かがなべて」のよみ方は、『古事記』（歌謡二六）、御火焼《みひたき》の老人《おきな》の歌にある。

●**照り坐す** 「照っていらっしゃる」という意味。『古事記』（歌謡五七）に「其《し》が花の　照り坐《いま》し」とある。「其《し》が花」は歌謡五七では「葉広　斎《ゆ》つ真椿」の花のこと。

●**吾子よ　吾子** 『日本書紀』（歌謡八）に「吾子よ　吾子よ」とある、囃《はやし》し詞。古代歌謡ではその場にいる仲間に呼びかけることば。

「代代に　代代に」

●**ささ** 酒を飲み干して「栄えよ」という意味。『古事記』（歌謡三九）に「あさず飲《お》せ　ささ」とある。

●**弥**　「いや」とは「ますます」の意味。『万葉集』（巻一の二九）、柿本人麻呂の「近江荒都歌《おうみこうとか》」にも「つがの木のいやつぎつぎに」とある。

●**新珠の年が来経れば**　「あらたま」は「新魂」で、年や月の枕詞。『万葉集』（巻四の五九〇）にもあるが、『古事記』（歌謡二八）に「あらたまの年が来経《きふ》れば　あらたまの月は来経《きへ》ゆく」とある。

●**豊寿き　寿き廻し**　酒を醸造するのに、回りを踊ってその精力を酒に移すこと。『古事記』（歌謡三九）に「神寿き寿き狂ほし　豊寿き寿き廻し」とある。

●**事無酒**　病気や厄災などの悪事を払う酒。「ことなぐし」のよみ方は、『古事記』（歌謡四九）にあり、「事無酒　笑酒《ゑぐし》に　われ酔《ゑ》ひにけり」と歌われる。

「君よ…雪・月光・華」

●**雪・月光・華**　「雪月花」と同じ。日本の代表的な美の素材。

●**立ちて思ひ　居てもぞ思ふ**　『万葉集』（巻三の三七二）に「立ちてゐて　思ひそわがする」とある。

●**啼きそ超ゆる　呼子鳥**　呼子鳥は郭公とほととぎすを、ともに称したもの。『万葉集』（巻一の七〇）、高市黒人《たけちのくろひと》の歌に「大和には啼きてか来らむ呼子鳥象《きさ》の中山呼びそ越ゆなる」とある。

●**夜もすがら**　一晩中。

●**しるしなき恋をもするか**　しるしは、「効果」「甲斐」の意味。『万葉集』（巻一一の二五九九）に「験《しるし》なき恋をもするか夕されば人の手まきて寝ねむ児ゆゑに」とある。『万葉集』（巻三の三三八）、大伴旅人の歌にも「験なき物をおもはずは」とある。

「夕星」

●**雨な降りそね**　「雨は降らないでいてほしい」という意味。「な〜そ」で禁止をあらわす。「ね」は「〜てもらいたい」の意味の助詞。『風土記』（歌謡一〇）に「霰降り　霜降るとも　な枯れそね　小目の小竹葉」とある。

●**か行きかく行く**　「ああ、あのように行く」という意味。『万葉集』（巻二の一三一）、柿本人麻呂の長歌に「浪のむた　か寄りかく寄る」とある。

●**君待つと　恋ひをれば**　『万葉集』（巻四の四八八）、額田王《ぬかたのおおきみ》の歌に「君待つとわが恋ひをればわが屋戸のすだれ動かし秋の風吹く」とある。

●**たづき知らずも**　「たづき知らず」で、手段・方法を知らずの意味。『万葉集』（巻一の五）に「草枕旅にしあれば　思ひやるたづきを知らに」、巻四の六六五に「向かひゐて見れども飽かぬわぎも子に立ち別れ行かむたづきしらずも」とある。

●**あらなくに**　「ないのに」の意味。『万葉集』（巻二の一五四）に「ささ浪の大山守は誰がためか山に標結《しめゆ》ふ君もあらなくに」とある。一六三、一六四も「君もあらなくに」とある。

●**君そ　昨日の夜　夢に見えつる**　「いめ」は「寝目」で、寝て見るもの。『万葉集』（巻二の一五〇）に「わが恋ふる　君そ昨日《きそ》の夜　夢に見えつる」とある。

●**夢の逢ひは苦しかりけり**　『万葉集』（巻四の七四一）、大伴家持の歌に「夢の逢ひは苦しかりけりおどろきてかき探れども手にも触れねば」とある。

●**向かひゐて見れども　飽かぬ**　「いつまで向き合っていても飽きない」という意味。『万葉集』（巻四の六六五）に「向かひゐて見れども飽かぬわぎも子に立ち別れ行かむたづきしらずも」とある。

●**副ひてもがも**　「一緒に連れて行ってほしい」という意味。「たぐふ」は連れ添うの意味。「もがも」は願望をあらわす助詞。『日本書紀』（歌謡一一三）に「たぐひよく　たぐへる妹を」とある。

「刹那」

●**河音清けし**　「清けし」は、明瞭であるさま。

●**真澄鏡**　澄んだ鏡のこと。『万葉集』（巻一二の二九七八〜八〇）に「真澄鏡見飽かぬ妹に」等とある。

●**吾妹子**　わが妻のこと。

●**笹葉さやさや**　「さやさや」はざわめく音や状態をあらわす。

●**朝露の雫に　散るべくなりぬ**　『万葉集』（巻一一の二六八九）に「朝露の消やすきわが身」とある。

●**月読**　月のこと。『万葉集』（巻四の六七〇）に「月読の光に来ませ」とある。

「秋の望月」

●**さし曇り**　「かき曇り」という意味。『万葉集』（巻一一の二五一三）に「鳴る神のしましとよもしさしくもり」とある。

●**もとなゆゑ**　「もとな」は「理由なく」という意味。『万葉集』（巻二の二三〇）にある。

●**童男・童女**　少年・少女のこと。

「白き御衣」

●**間なくぞ降る**　『万葉集』（巻一の二五）に「間なくそ　雨は降りける」とある。

●**御衣**　「御着衣」の意味。みけしの「けし」は「着る」意味の尊敬語「着す」の連用形が名詞化になったもの。『古事記』（歌謡四）に「ぬばたまの黒き御衣を」とある。

●**山の際　い隠るまでに　道の隈　い隠るまでに**　「い」は意味を強める接頭語。『万葉集』（巻一の一七）に「山の際《ま》に　い隠るまでに　道の隈　い積もるまでに」とある。

●**しづるなり**　「しづる」は「垂らす」という意味の「しづ」の連体形。

「暁の大河」

●**玉の緒・絶えなば絶えね**　「玉の緒」は生命のこと。『新古今和歌集』（一〇三四）、式子内親王の歌に「玉の緒よ絶えなば絶えねながらへば忍ぶることの弱りもぞする」とある。

●**聞こえてな**　聞こえてほしい。

「苑鳥」

●**天の原　振り放けみれば**　「振り放けみれば」は「目を放って見る、はるかに見はるかす」という意味。『丹後の国風土記』（歌謡一七）（丹後風土記は一部しか残っていません）に「天の原振り放けみれば霞立ち家路まどひて行く方知らずも」とある。阿倍仲麻呂の歌も有名。『万葉集』（巻一〇の二〇六八）にも「天の原振り放けみれば天の川霧立ち渡る君は来ぬらし」とある。

●**実に**　本当に。

●**居る雲の**　古代人は雲を生物的に捉えて「居る」（すわること）と言った。

●**下照る　道の**　『万葉集』（巻一九の四一三九）、大伴家持の歌に「春の苑紅にほふ桃の花下照る道に出で立つをとめ」とある。

●**庭つ鳥　鶏は啼くなり**　「つ」は「の」の意味。『古事記』（歌謡二）にある表現。

「黎明」

●**鎮魂りまさぬ**　「しずまってはいらっしゃらない」という意味。「ませ」は尊敬の動詞。

●**たまゆらの**　ほんの一瞬の、つかの間の。

「福慈の岳」

●**福慈**　富士山のこと。「不二、不尽」等とも書く。福慈という表記は、『常陸の国風土記』にある。福や慈しみをもたらす意味を加えた表現。

●**朝されば**　「さる」は「来る」の意味。

●**あやに　うら妙し**　「あやに」は「とても」の意味。「うら妙し」は「気持ちがよい、すばらしい」の意味。『古事記』（歌謡四〇）に「御酒のあやにうた楽し　ささ」と歌われる。

●**家庭も見ゆ**　家庭は人家のある場所で、村里のこと。『古事記』（歌謡四一）に「百千足る家庭も見ゆ　国の秀《ほ》も見ゆ」とある。

●**天飛む**　『古事記』（歌謡八三）に「天飛む軽嬢子　したたにも寄り寝てとほれ」とある。「天飛む軽の嬢子《をとめ》」と、軽の枕詞になっている。「天飛ぶ雁」を軽という地名に言い換えたもの。ここでは、野の煙が立ちのぼりたなびくさまを形容する。

「渡津海の声」

●**畳なづく　青垣よ**　幾重にも重なる山のさまをあらわす。『古事記』（歌謡三〇）に「大和は国のまほろば　畳なづく青垣」とある。

●**吾子よ吾子**　囃《はや》し詞。古代歌謡では仲間に呼びかけることばである。『日本書紀』（歌謡八）に「吾

子よ　吾子よ」とある。本詩集の「其の創」に既出。

●日にけに　「け」も「日」のこと。

●小舟は何処に　『万葉集』（巻一の五八）、高市黒人の歌に「何処にか舟泊てすらむ……棚無し小舟」とある。

「空哉」

●絲綢之路　シルクロードのこと。

●見さけむ　「見さく」は遠く見はるかすこと。

●永劫・刹那　ともに仏教用語。

●星離り　月離れ　「星や月から遠ざかって」という意味。『万葉集』（巻二の一六一）に、持統天皇の天武天皇への挽歌として「神山にたなびく雲の青雲の星離りゆき月を離れて」がある。

●情けあらなむ　「情があってほしい」という意味。『万葉集』（巻一の一七）、額田王「雲だにも情あらなも」による。

（東大寺学園中・高等学校教頭、歌人）

写真データ

【其の創】
飛行機の窓から望む富士山
〈2004年3月〉
夜明けの富士山・五合目
〈2007年8月〉
【代代に　代代に】
鹿児島・仙厳園（磯庭園）
〈2008年9月〉
亜米利加・グランドキャニオンの夜明け〈2007年3月〉
【君よ……雪・月光・華】
印度・タージマ・ハールにて（躑躅の華）
〈2006年3月〉
韓国・某ホテルの園庭にて〈2007年9月〉
鹿児島・屋久島（弥生杉辺りにて）
〈2008年9月〉
和歌山県九度山・慈尊院（建立1200年頃の外壁）〈2007年5月〉
【夕　星】
鹿児島・種子島に堕ちる夕陽
〈2008年9月〉
種子島・嵐の前夜の夕焼け
〈2008年9月〉
鹿児島・仙厳園（磯庭園）〈2008年9月〉
【刹　那】
熱海の花火〈1995年8月〉
亜米利加・ヨセミテ国立公園
〈2007年3月〉
【秋の望月】
敦煌へ続く道〈2002年12月〉
韓国・某ホテルにて〈2007年9月〉
【白き御衣】
鎌倉・高徳院に降る雪〈2006年1月〉
北杜市・富士見町より眺める
〈2007年2月〉
鎌倉・高徳院に降る雪〈2006年1月〉
【暁の大河】
印度・ガンジスの夜明け〈2006年3月〉
南仏蘭西・夜明けの車窓より
〈2001年1月〉
湘南の空を飛ぶ鳶〈2008年 春先〉
【苑　鳥】
印度に向う上空（前方にヒマラヤ連峰を眺める）〈2006年3月〉
鹿児島・屋久島（千年杉の近隣）
〈2008年9月〉
インドネシア・ウブト（砂遊びする鶏）
〈2008年6月〉
【黎　明】
鹿児島・屋久島（嵐の前の夜明け）
〈2008年9月〉
中国・玉門関の白い月〈2002年11月〉
湘南の日没〈2008年 春先〉
【福慈の岳】
富士山八合目のご来光〈2007年8月〉
インドネシア・ウブド（棚田式の田んぼ）
〈2008年6月〉
【渡津海の声】
宮古島（東シナ海を望む）〈1998年3月〉
湘南の日没〈2007年9月〉
【空　哉】
仏蘭西・巴里の白い月〈2001年1月〉
屋久島（千年杉・根の化石）
〈2008年9月〉
富士山五合目（道すがら）〈2007年8月〉
富士山五合目の夜明け〈2007年8月〉

私の魂のなかの『古事記』

平山弥生

限りがあるから美しい。

この言葉の響きに何処か残酷性を感じつつ、にも拘わらず魅了させられるのは何故なのでしょう。

地球が産声をあげて四六億年。私たち人類は、交流の手段のひとつとして言葉や文字などを生み出しました。物語や詩などに変化を遂げながら、尚一層、私たちの心のなかに浸透してくる様になりました。古代人たちの壮大なロマン（想い）は時を越えても耀きが色褪せないのは、やはり魂のなかに刻まれているからかも知れないと私は思うのですが、如何なものでしょうか？

話は変わりますが。以前、現代詩を書いていた或る日のこと。突然、言葉・文字が一切合切、私の中から消え去ってしまった時期がありました。そんな折りだったでしょうか。夢にまで描いていたシルクロードの道なき道に、降り立つチャンスが訪れたのは。

私は何時にも増して興奮していました。魂はこんなにも打ち震えているというのに、文字で表現することができないなんて。其れにしても急に何を思いたったのでしょう？　言葉では表現できない其のときの心（魂）の鎮まらない雄叫びを、カメラのファインダーのなかに収める自分がいました。

そして、現像された写真のおびただしい枚数が、引き出しを埋め尽くしてゆきました。

その後、或るときのこと。私のポッカリと大きく開いた心の穴を埋めてくれる、ある一冊の本と出逢うことができました。其れは、「天地初めて発けし時……」で始まる日本最古の書物である『古事記』でした。

其れからどれだけの時間が流れたのか？　定かではありませんが一字一句

が、古い言葉としてではなく、新鮮な空気として私の魂のなかに染み渡ってゆくかの様でした。

そして、何時の間にか誕生したのが、このたび発表させて頂く『童の唄　風となる』でした。詩集でもなく、写真集でもない。〝ポエム・フォトグラフ〟です。訊き慣れない言葉と思いますが、時には詩を。時には写真を。感じたままを受け止めてくだされば幸いに思います。

尚、この本を編集するに当たりまして、たくさんの方々のご尽力を戴きましたこと。感謝いたします。

とりわけ解説を書いて下さいました辻井喬先生、語注を書いて下さいました櫟原聡先生、どの様な感謝を述べれば宜しいのか言葉が見つかりません。心より感謝申し上げたく思います。

童の唄　風となる　ポエム・フォトグラフィー

発行日　　2009年6月15日　　初版第一刷

著　者　　平山弥生
発行者　　光本　稔
発行所　　(株) オクターブ
〒112-0002　東京都文京区小石川2-23-12
STビル小石川4F
TEL　03-3815-8312　FAX　03-5842-5197
印刷／製本　株式会社サンエムカラー

 ISBN978-4-89231-070-6